新潮文庫

グッドモーニング

最果タヒ著

新潮社版

10698

ntents

目 次

yoake mae 1

yoake mae 2

yoake mae 3

Con

yoake mae 4

yoake mae 5

good morning

単行本未収録作品

グッドモーニング

0

支配されていたものに戻ってきて
いまこれを
かき始めている
視界と
言葉をひきはがして

裸でいました
ひきずりながら、赤い土がひろがる砂漠にいました
遠くで重いいきものの、足音が聞こえ、
いつもなにかがつぶれる音が次いで聞こえていました

わたしの口元には食べた

いきものが三匹、復活をして、
それがこれからのわたしを操作する
指の隙間から海があふれ出て、
それからすべてが溺れるだろう
わたしの裸で、そこを泳ぐ

言葉にすることが
すべてを
台無しにし
わたしが
ここからでていくことを不可能にする

海は鏡だ
その日、わたしはわたしの、溺れている体を見る
わたしの指の隙間
海があふれ出て、
わたしはそこに吸い込まれながら、

やっと
言う
これはなんだ

支配されていたものに戻ってきて
いまこれを
かき始めている
わたしの知っている言葉に
あの場所を
とらえることはできない
気づかれないようにしている
体が
わたしになにかを
見せることを拒否しているが
わたしをまだ
殺させはしない

夏のくだもの

わたしの目は後ずさりをして前髪は遠くなった、
あれた濡れかけの髪をつかもうとして、わたしはやっと手のひらを動かした　つかんで、
かおをおおいうつむいた
目があり
目がありわたしの指のすきまから
どろどろしたものがこぼれていった気がした

いつでも怒りにおおわれている、
根本的に理解がない
けれど
説明をする以前に脳と脳を
なぜ交換できないのか

なぜあなたたちは予測できないのか
口を動かすことがいつもわずらわしく
なによりも言葉にすれば向こうの思い通りになる

激痛が走り
会話が不可能になり
耳をふさぎ叫んだとき
やっと
わたしはあなたと正座でむきあい
どんな話でもしようと思う
指先をからめれば
もう通じているだろう
なあ　そうだろう
そう、
そうなるとわかっている

田畑を耕しながら、小学生の帰宅を待ち、それから夏のくだものを切って、わたしたち

は平等な量を食べる、友人からの手紙が届き、その友人はずっと昔に都会に出て行った
が最近戻りたがっており、わたしは必死で止めている
夜はもうあれほどではなく、朝はいつもすこしずつ取り返せなくなっています、あなた
が昔にみたゆめをここで見ることはないでしょうし、今ここでみるゆめは現実とまんだ
らにまざり、いつも現実をここまでつれてくることができません、わたしのこどもがひ
とり昨日、減りました

部屋に火をつけるゆめをみた
となりの部屋でこどもたちが寝ており、
みんなやっと小学生になった
あのころ、わたしはどうしても五次元の存在を否定できなかった
みんなやっと小学生になり
六次元の話をしている
複数だから
できるらしいのだ

朝の食事の用意をし、わたしの炎はわたしの部屋だけをぬらすことができると、知って

いたから火をつけた。今日はもう、夜が深く、明日目覚めれば消えたこどもがまた、戻ってくるのかもしれないが、そのかわりなにかを失わなければならなかった。わたしの部屋にはなにもなく、ただわたしはそこに火を残し、逃げ出していた
都会への汽車はこどもたちのゆめにでて、夜空を舞ったらしい、あんどろめだ星雲にとりのこされて、もうここにはない

自転車をこぎ、部屋から部屋へ移動している
友人が昨日、行方不明になったときく、
都会は蒸し暑く
道には無数の穴があいている
のぞいたところにはいつもわたしのこどもたちがいて
手を伸ばすので
わたしはすこしずつ、わたしの体を捨ててきたが
最近は内側がからっぽになり
ときどき妙なものが漏れてくるのを
おおいかくすために化粧をしている

足の裏

まよなか、雨が降る中で、このむらでたったひとつの体育館に、わたしは見つけた
おおきな熊がたいこをたたき、それを見つけたわたしに
それ以上はいることを許そうとはしない

ここまでくるのに時間がかかった
森は
ぞくぞくと震えていた
道はあったのだがそこにまどわされると
いつもあたたまる湯船に
たどりついてしまっていた

殺人事件があったんです

熊に
話しかけ
だからわたしここまで、逃げてきたんです、マッチを持って逃げていたのですが、あめでしめってしまい、明かりがなくなり、つきもかくれて、それで、ここへの道だけを覚えていた
熊はたいこたたき、なんどもたたいて、その振動で膜がぶるぶると震える、あめの音は耳を丸めるとプールにとびこんだときみたいだ
ぐん
さっきまで静かだった、体育館の他の部分が、少しだけ成長をした

ランドセルを背負い、ここまで駆けてきて、オルガンの前に座り、いつもの早朝練習を重ね、それからもういちどそれを背負い、教室のある三階まで駆け上がる、列を作ったこどもが、なんにんもころんで、わたしの目の前でまた床にとけこんでいく、夏、暑い夏、わたしの音楽の練習はいつも余念がありません、
そんなこともあった
今
なにもない部屋でたいこがひとつ、たたかれている

時計を見ると、まだ夜で
一人でにげてきたわたしにはたくさんの手形がついている
なにを、ひきはがしてここまできたのだろう
見たものの記憶はあの、森の中のきりかぶから
あの場所でわたしはやっと見あげた、それまであめが目にはいることが怖かった、見あげて、わたしはまたすすんだ、
ひかりが
みち　みちみち

熊の目

そう、さっきまで牛乳の細いストローを、くわえて部屋で膝を抱えていた
のばせばのびる壁紙が、背中にまとわりついていた
西に向いた窓から、飛び込んできた虫がおそろしくて
手を広げてぶつけたとき
から

それからあのきりかぶに
とつぜん来ている
友人が電話をするといっていたのに
ここでは
でることもできない

それから目を閉じてたいこをきいていた
もう
ずっと同じ
音を
きいている
もう
ずっと同じ
音を

会話切断ノート

わたしは考えるとき文字にしなければいけないと思っています
やじるしをつなげていったりすると
たいへん考えることは面白いです
頭の中でするとわたしと以外とそれが接続され
いつのまにか
根拠は現実に抹消されます
それもいいです
けれど

日記は考えるための道具でしかありません
わたしは悩みのない人間です
自分という存在にも

他者という存在そしてそれとの関わり合い
根本的な生命の意義
全てにこたえをだしています

宗教とはもともと
人格形成の軸として利用されていたのではないでしょうか
わたしは考える
ということが今、わたしがなににも追われていない理由であると
今こうして
じっとしていられるというのはこうして考えるためだと
思っています
考えは広がるとわたしの知る世界を網羅します
そして
今度は創造をします
いえはじめからあるものではあるのですが
人類が認知できる以上の場に踏み込むのです
そのときわたしの体はおりまげられたまま息のみをしています

要するにそういうことです
考えるということは
宗教とおなじように
すべてに答えをだすことを可能にします
わたしに悩みはなく
わたしにとって希望はすべてを理解するということです
しかし
わたしは人を選び
時々その話をします
赤いカエルを見ました、　昨日
夜の光のない場所で
赤く見えていました
ともだちが消え去ったばかりで
田舎の泥に埋まっています
冷たい風に冷やされ
歩くこともできず

たちあがろうとしてもすべてがわたしで大地がない
はじめに
あるのは健康であるという　ことはじつは嘘なんだけれど
何年もずっと
生きて
考える
歩む
ことはだいじです
それだけが
だいじです
考え、
だいじです）考えて
風の網に頬を裂かれる
生まれ変わること
だいじです）無い、
無い

ぶるぶる
見ているものだけが真実になりそうです）

故郷にて死にかける女子

吐く息がよだれだったわたしをあ／／いせるか頭上に鳥の巣が出来ている朝がきているわたしは目玉焼きを欲するがバランスからいうとおきあがることは不可／能だ小鳥はまだ飛べない／／

かあ

かあ

　カラスが部屋中を飛びまわっている

羽　はわたしの髪だった気がする

かあ

かあ

わたしの十年前の声だった気がする
雨
の降る中で
ここ
こどもか　きみは
こどもがいた
てのひらに
とけた　あめと
とけた　チョコレートと
とけた　傘
を
にぎって　わたしになげつけたわたしになげつけたわたしになげつけたつけたつけたつけ
た！
きみは……
わたしは言いかける

皿を洗っている　間は
手が裂けたことに気付かないのだ
マッチが部屋を訪れると
おそれる　きみ
わたしは隠れる
タンスの中に
マッチ
は
太陽から逃げてきたらしい

冬と
夏　のあいだをおよぐ　さかな
がたべたい
まぐろ　が言う
わたしは
まぐろがたべたい

神戸の入り口に　地獄の絵図を飾る
わたしのあいしたひとはここにしかいませんから
（だれもこないでこないでこないで）
（で　　で　　で）
と
さけぶ
それしかできないわたしは
きっとここから追い出される

苦行

「＋
　　　　＋＋　きみたち　わ　、わたし
の　い　い　たいことなどらっとも　わかっ
ていない。きみたち　わ　、　＋＋＋　しん
でいくから、わかんなく　ても　い　い　か
もしれない。きみたち　　　わ、とてもきれ
い。
　　　とー
　とー　　とー
　　　　　、ということに。きみち　た
た　たたわ、わたしのことなどしらな　いの

とおなんじ　。きみた　＋＋＋　ちちちいあ
わ、わたし、すこし　も　すううきううしい
そkっきいあじゃな　い。

＋　＋

（＋　声を出して読み、叫び、泣き、笑い、
吐けばよい）
　　＋＋　左手の薬指にマメができて
、つぶしたら、海が飛び出してきたんです。
わたしは海と繋がっていて、魚のお母さんで
もあります。
　　＋＋　さかな、さかなはわたしの
食べる物です。きのうの夜はさかな、さかな
をお湯につけてゆらゆらさせて食べるという
なんとも難儀なことを
（

中略）

醤油。まさにケロイドのように残っているのですね、あなたのその傷は。わたしのマメは、もうあかいだけです。海がかれてしまって、わたしはまた吐いたり泣いたり／ら＊ら＊したりしないと、繋がらないのです。＋＋

＋＋　世界！　海ィ　は　どこゥ！

「＋　真っ直ぐ行ったらいいっていわれたけどわたし歩けないです。」

（　　き

こえる

怒声

ひとがですね

ひとをおこる
ときはですね　　　　＋＋
、土星のわっ＊
かがですね、　　＋＋
あたまにでき
るんですよね
。わたし、そ　＋　＋
れを目で追っ）
ていて、何度も殴られるんですけれど、
わたし、そうすると、わたしにも、わっかが
出来てですね、＋＋＊　両腕両足縛られるん
ですね。＋＋＊　するとかれらはわたしに飽
きてしまうので、土星だけのこして、
土星土星土星
、いっぱいの
土星だけを残して、去って
いくのです。いい、迷惑です。…

……

………

………

……

……

＊

処女

細目

」
　わたしの、素肌　を舐めるより　確実な
わたしの
　　　味
　　　　　です。ですますます。べつに
詩人　＊
ですからうまれたときから表現者ですからべつに
べーつーにー
いいです
　　　愛さないでも

友達

鼓膜を叩いているのか
　小さな　逃げてきたこぐま
わたしを
みつけてよろこんでいる
こだいこ
をみつけて叩いている

こぐま

森　に
あったはずの

きりかぶに種を　まいているの　のだよ
　愛している　よ
愛しているよ
　　　　　　森のささやき
　　　うう

花びらがおちてこないで頭上にとんでいる
太陽の陰をつくりだして眩しい
まつげの
先だけが拝んでいるよ　　ひかり
　　　　　　　　ひかり
　ひかり

　　　　　　水溜りに落ちていった
小学生の時の友達

きれはしを　　　かじっている
顔が印象的だ
　影踏みができない子供だった

ごみ捨て場の
　なにもない場所で
　　ちぢまっている
子供　と毛糸　数万匹
つかまえて
　スープにしよう

森に帰る
くま
わたしを　おいてかえるな
スープ
をつくろう

術後

、歯に挟まってどうしても落ちないそいつだけを大切に守ろうとする、彼には体温がない（突然部屋が揺さぶられるわけで、わたしの耳の中で雨が降り出すわけで、突然だった突然、）／わたしの影は歩行し始める、わたしの知らないうちに、どんどんと空へ落ちていく、わたしは待てとつかまえようとするんだ、彼だった、彼だったのだ、最後の…

」

！

（黄色い光に翻弄された、わたしの（黒い、わたしのそれは、ゆっくりと空へ巻き込まれ、そのまま消えていくのだ／

世界が突然地割れを起こし、わたしは空を見上げる「突然の（影の）大雨だ！」わたしは何も握りしめていなかった、何も着ていなかった、部屋さえも、偽物でしかなかった「寒さに気付いて丸まった瞬間はもう遅くて……／

（何かが
足りなかったこの夜、わたしは左手で手に入れたばかりの石膏の右手をストーブへほうりこむ（できあがった黒い人型の塊は（美しかった／「、ぬくもり……（わたしは、だれかがとなりでつぶやいたのも、「見えない……

（……

「望んでいなかったのかもしれないしわたしはただ、何かを口ずさんでいただけだったのかもしれない地響きが起きるその度にわたしの肌が滑りこむその隙間はいつもその後消えていくからわたしは再生ばかりを繰り返し、決してその場所から広がることはできない（夕方からの振動にわたしは勘付きずっとここにいたよ、体温を想像しながらね

））」二月七日　雨

いつも
なにも
起こらない天はきっとわたしを
いつも
舐めているのだなあア、すこしにおいだす、
雨の「

ゆさぶられて目覚めた）きみたちはなにもわかっていない！　わかっていないよ！　他人の匂いがす（中略）他人の匂いがする！　昨日きみは誰かの体温でぬくもったんだ！　わたしは、／「きみはなにを数えているのその、その手のひらのそれはなんなんだい……」何を欲していたのかも
わからないまま干乾び
た存在の君をわたしの
頭の中で飼っています「わたしは魔女だったのでほうきをもっている（きみ

たちのその顔を完全に覚えていってしまおう／という前提において（きみたちは、なぜ、
どこから、産まれたの、わたしは産んでなど（いないよ！」痛々しいきみたちの背中をわ
たしは蹴る（何度も／……世界が重心を壊してわたしに傾いてきたら喜んでわたしはつぶ
れてあげるのに……（きみたちはあくびをしてそして眠るのだ、わたしはきみたちの顔を
わすれない（のだ、一生、

、たはずだった／光に反射して誰もわたしのことなどみていなか
った）美しさとはと語る人はときに誰かの体温を抱く、それを知っている限り彼らはただ
の犬でしかないのだ」（本棚の一冊より）
（肌の荒れたその砂漠の上でわたしが眠っているな
らそれはそれは
美しい
だろうと思っていたのだみどりいろの気配がしてわたしは吐／「み
どりの肌をしたわたしを愛しているその男の姿を必死で想像している、わたしの中ではみ
どりは下等なのだな（中略）なにもない、（中略）小さな貝殻を拾った……」／き出すそれ
が部屋に広がりとてもすばらしい

美しい
匂い
だと誰かが騒ぎ出す、世界とはそういうもの
だとわたしは知っているはずだった、し今も……（ああ、冷えたままでそこにいるのはな
んの破片だったのでしょうかわたしは、それを拾い、必死で飲み込むとひどく安心する、
し部屋の隅はとても凍っているわたしはそこが安心する、し……／

「ただの降ってくるその……」
／には一番なのだ」

吐き気がするよと叫ぶきみの右手…
…本当に好き（よ／石膏
わたしのその骨と骨の隙間に埋められた何かのその空白を君は
美しくカーブで辿り、わたしはそこで（美しい存在になる／などという幻想に食われ
／、
食われる！」背中に貼りつく視線は窓の外からだこどもたちが見ているわたしは（にげろ
と彼が言うわけだけれどもちろんそれさえも幻想でね……／

わたしはただ白くなるのだ、

朝起きればそれはただ、割れて

ただ、崩れ

ただ、雪のように見せかけるけれどそれはひどいガスを伴い……

「静かな原子のぶつかり合いの音を聞いていているふりをしているわたしの耳の穴、の中で震えている一つの酸素になりたかった……」（本棚の一冊より）

神が降りている人々に……

おいていかれる

……！

わたしの知っている少女はいまも一人で震えている「涙がこぼれて、それがぬくもりを想像した瞬間だと……「彼女はとても美しかったし……それは彼女も知っていた……

「世界が破滅しはじめるという言葉が口からでまかせに零れわたしはひ
とりで、たちつくし／ああきみはそこから出てはいけないよ」気付かずに……／（わたし
は左手になにかをもっていた／

せかいをすくうための、

「降っている／
部屋の中の腐った雨は、遠い
昔に降ったものだろうけれど、たぶんわた
しが体温を得、泣く、時のにおいでもある
のだろうと、ひとりで、部屋が夜に腐り、
再生する中で目にする／絨緞に巻き取られ
るわたしの体をはやく溶かして……
／、し
て下さい」わたしの中に雪は降らなかった
、血も凍らなかった、プラスチックの仕組

みを学ぶ、夜です（読書をしている
、わた
しは、わたしはただ左手が石膏のようだと
……／夜を過ごす／ただ……
／」「魚の泳
ぐわたしの部屋にいつのまにか鮫がいたの
だ名前をつけてかわいがってやろうと思っ
たけれどもう食べられてしまった）わたし
の部屋はひどい腐臭で／それは多分昨日の雨のせいだろう」

空走距離

、アスファルトの上に寝そべっていればいつのまにかわたしのひとみの中に宇宙が広がるわけだ）それはいつもそうだった」

やあ、

、光が突然舞いあがるのは目を押しつぶす寸前の／少女のその少し開いた唇！／わたしが突然影を吐き出しました空に与えるその餌付けの瞬間／少女のその少し開いた唇！／ねえ……こっちをみてください……」

やあ、

「きみたちは薄弱とした／

かたい壁にわたしの額が何度も擦れ合いそれはとても居心地のわるいものだった／壁の模様は白骨が敷き詰められたような……（それはいいすぎだよ）いいすぎで／

汗が、汗が肌に這うのだそれはわたしよりもわたしの視線よりも美しいのだとわたしは知っているから、見ないでいよう、「きみたちはなんて……美しい／のである

息を吐くたびに口元の黒い丸い生物が揺れるいつのまにかそいつには唇ができていた／話すたびに、いや、今きみが聞いているそれはそいつの声でしかないのだ／！／わたしは……）、とつぜん／包丁をにぎりしめ走り出しただれもいない垂直の世界へ

震えるたびに黒い存在は切り取られ浮力で舞い上がる、踊りだすその姿
は美しいとわたしは思い込んでいた／、少しずつちぎれて減り、いつのまにか半分に
もなってしまった黒い、いやそれは／

影を
抱きしめる

？

まだの
その
遠い空の
「
上に舞いあがり子供のふりをしている小さなその
黒い／影！」から

雨が降り出すのだ、　わたしは、　ただ……／いいわけはいいよ」ちいさな、　こどもたちはな
んと柔らかなの
　　　　　　　だろう「、
　　　　　　　　　　　　　　　　まわり始めるその
天文学がわたしを忘れた……わたしの素肌に
辿りついた舌先はなぜこんなにも輝くのです
か……／わたしはうでをもぎ、　ふりまわす／
「そうすれば気付かれて！」／（わたしのその
小さな痣をきみたちは指差し笑うのだろう空
を跳びまわり目がなくなった鼻もない／影／
わたしはきみたちの腕を
　　　　　　　　　　　　　　　　……！
　　　　　　　　　　　　　　　　　　う

で　もない

）））

　からい部屋がとつぜん暗闇に落ちていく

わたしはそれでもいいとおもうのだこどもたちは知らなかったから……わたしはなにも見
えない世界／をしる／きえたこどもたちの名前をつけていく／のだ（

）やあ、きみは汗が美しいねわたしは昨日から目が見えなくて、」空が回転／滑走）してい
るのはそれでも肌でわかってしま／ぅ

の　に

小牛と朝を

とおくの指先で悲しんでいる
小牛に
かなしまなくてもいいよ
なんて言いたい
わたしの死を、きみが悲しむ必要はないよ

朝
どうしても牛乳を受けつけないのは
夜のすこしあとに
わたしがいた
くろい場所を思い出すから
はいあがってきたの

笑い話には　まだなってなかった

小牛を
ちょっとだけ
焼いたりする

朝
わたしはカルピスを飲む
牛乳のつもりで飲んでも
驚かないんだ、こればっかりは

昨日も死んだのに
今日も死ぬ
眠る前はそうやって
あきらめる
そうするとおくの小牛が泣くから
わたしはまた

はいあがる

見エないという事

雨の音と同じ速さで左手の指をウちつけようとする。机の上は草原となって、母は岩となって、わたしの部屋は地球の、一箇所となる。わたしは、地球をそこで、知る。

（天国へ行く途中には、ゴミ捨て場が三箇所もある。死体置き場は無い。その代わりに、ポストが一つだけあって、犬嫌いのあの子はいつも、野良犬を見てはそこに逃げこむ。赤い臭いは、犬もぼくも／嫌いだ。ほんとうのはなしでは、天国なんて無かった。肌色の服を着て、天使が踊っている。それはうそであって、うそじゃないといけないんだと、となりの老夫婦が語り合っている。（もしかしたらテレビかもしれない）隣人なんて、いたのかも曖昧だった。ほんとうのはなしでは、）

真後ろからだれかがついてきている。ずっと前から知っていて、ずっと前からだれもいない部屋を散策する。だれかがついて来ている。わたしが、そこに居ることを知っている、だれかがついて来ている、だれもいない、部屋、部屋、部屋、部屋、だれかがついて来ている。

（街角、という場所を捜している。そこから飛び出せば、自由になるのだと鳥は言う。鳥は言う。鳥は嘘吐きだ。鳥は言う。捜している。）

小指で世界を貫いた。というのは／朝もおわって昼もおわって夜もおわって朝がはじまった時に／小指で太陽を隠したこと、世界は白く輝いた。ほんとうはここが、かがやく星でしたので、と気付くまえに、わたしは燃えた。わたしは、星だった。世界だった。太陽だった。わたしは、燃えた。

（ほんとうのはなしでは、）

死ぬ間際にいう言葉がそれであればいいのに。

夜でもないのに薄暗い。人は目から明かりを発していまだに歩いている。おうちに帰っておいでよといえばいいのに、かれらに恋人はいない。

ぼくはとても明るい場所にいる。太陽がぼくを嫌おうが好こうが、ぼくは明るい場所にいる。部屋はマッチとろうそくと蛍光灯がそれぞれ、音をわすれて光っている。ぼくのこともわすれて光っている。かれらは光ること以外、わすれてしまったの。わすれてしまったの。

光っている。

目を閉じるのがだから、いとおしいのだと、そういう文からはじまる手紙を書き始める。宛先は決まらないまま。

(空を見たのですよ、おねえさん、私はまた少し背が伸びたのだとその度に思うのですよ、おねえさん、赤い川がありましてね、すぐ近くに、そこで女がよく水浴びをしていまして、どんどん女は赤くなっていくのですよ、おねえさん、女はそれでも水を浴びて最後にはさらさらと川に、おねえさん、このことは忘れてくださいこのことは忘れてください、わたしも水浴びをしに明日、あなたは行ってはいけません、川の水は私でもう事足りるはずです）

「ある日目の中に光の筋をみつけた。わたしは小指でそれを掬い取ろうとしたけれど、眼球と白目の隙間をそれが埋めているらしく、涙と一緒に目がスベテ零れ落ちそうになった。わたしは目を閉じた。はじめて暗闇がないことに気付く、その瞬間。「人は何を思うのか。

（水になって気付くことは、ぬくもりのことだとききます、おねえさん、あなたはよく部屋の隅で小さくうずくまっていましたね、そのことだと私は今も思っていますよ、ぬくもりはまだ私にはひびかないようで、水になるのはまだ、少しも恐ろしくない、おねえさん、あなたは泣いていらっしゃるようだ、そうでなくてはならない、だからあなたは川にきてはいけない、おねえさん、あなたは泣いて）

足首がツる。目を閉じても同じ場所にいる、ぼくは、ここで、光を、明るい場所、同じ、同じ、足が、足が痛い。目を閉じて目の前を強く叩いた。光はある。

そして叩く感触は、同じ動かぬ壁だった。

非妊

　引き戸の隙間に人が、十人も住んでいるのだろうと思ったのは昨日の、眠りに落ちる瞬間。ゆう焼けを窓からのぬくもりで感じる、わたしの肌よりも確実に、この世界を支配している部屋に、わたしはなにかを託してみたい。そして、消えていくふりをして、暗いやみの底でガムのように貼り付いていたい。あい　しているから。

　子宮のなかに、野花が咲いたら、クマのぬいぐるみが住みついたら、やさしい小鳥がいるかのように鳴る、リコーダーが忍び込んでしまっているとしたら。

　茎を切り裂いて、綿を取り除いて、リコーダーの穴などすべて埋めてしまって。花びらをちぎって敷き詰める、クマの名前は我が子の名前に、小鳥のさえずりは、我が子のひとみが鳴らす波動。

（きみはいくらかのやさしさと、いくらかのあいじょうがあればじゅうぶん育つのです）

茶色い空を見るとひどく眠りたくなる。ずんと暗い音がして、世界がすこし低くなる／瞬間をわたしは見過ごさない。
（その時わたしの体のごく一部で、ことりと間違った揺れを起こす。また、死んでしまった。なにか、まだ育ちもしないそれが、死んでしまった。（茶色い空を見ると、ひどく眠りたくなる））

公園で、砂場に埋まって眠ってしまう。小さな足跡が、わたしのことを囲んで歌っている。（かれらはもう、あいされてじゅうぶんなのだ。）なにかが足りない花を摘んで、一つずつ、切り裂いていく。午後。わたしの肌を撫でるのは風だけでも、わたしのてのひらは、だれかを撫でるのだろう。ゆう暮れ。包みこまれて、まだ、わたしのひとみに映らない物、捜している。

尋常

わたしの世界には道路だけがあった
寝転がっているわたしの
あっちとこっちでなにかが
いる気もする
わたしの世界には道路だけがあった

もうそろそろ死体になりたい
冷蔵庫の
声が聞こえるようになってから
部屋にもいられない
いずくんぞいずくんぞ
と言っている

電話の　線が
なくても大丈夫だよって気が付いてから
はさみが守り神だ
痛いものはすべて　切っていこうよ

「　尋常

車に乗って走っていると
道に
二人が転がっているような気がします
だから
まっすぐにいくのかまがるのか
あなたにお電話させてください
あなたはそのために生きてきたのです
」

生きてきたのです

暴走車を追いすぎて、

「
正面玄関のところです、
そこに傘を置いてくれないとわたしの部屋がぬれてしまうでしょう、どうしてそういうことをするのかなあ、生きるはきたない、生きるはけだもの。
」

小さな女の子がははを呼びかけた　声　が、

なんじゅっしゅうとこの星を　回　転　し、
わたしにたどり着いたと仮
定したらともだちにでもな
れるのかとおもい、わたし、
だから話しかけたのだけれど（……）じゅー
すを買ってあげなければならなくなった。
かなしいほどわたしは貧乏なのに。
「洗面台ではわたしという女性が不特定多数
の声を仮定して生きていましたずるがしこい
ことだと少年がわたしを見てつぶやきました
／が／少年は、きっとそれを遠くの未来のも
しくはさきほどの少女に言ったのでしょうわ
たしは、」　じゅーす、を　買ってほしいのだろうと少年を罵倒した。

生きるはきたない。
生きるはけだもの。
あじさいの中にもぐりこんで、　わたしは息を

していた。植物は、イイ。とても。息をしているままでふりが　できるからわたしは紫色のワンピースきていたけれど、こんなわざとらしい色の花は育たないだろうと植物園のあなたが言っていた。わたしだとも気づかずに／水を下さってありがとう。

水を。

水を。

・・雨が降らない梅雨があります。ただ、それでもわたしの手首は育つのでたいへんきたないことだとおもうのです。きっと同じ水を何度も使ったりしているのでしょう。水がなくて／ひからびてちゃいろく変色／したあんな花よりもじゅうぶんきたなく、わたしは回収日に／すて／ることを決意しました。しかしそれをもゆるがすこのうつくしい白色／！

／にわたしはなにもいえなくなる。

「ずるがしこい」

雲が紙　に見えるようになってわたしは何度
もめくって裏を見ようとし、わたしはそのた
びに台風／・・を呼び起こしている。人が
ちりぢりになって、わ
かれわかれになって、とんでいくがわたしはかれらの行方を知らない。知らない・・
のだ。かれらをとばしたわたしであっても
知らない
・・のにさらにわたしはかれ／らをとば／していく。さらにさらに。

つまりはわすれてしまうのだろう、と昨日にいわれ／。けれど、
わすれてはいない。数はいまだにわかってしまう
ままだ。

日　（っ光で乾かしているあいだ　に、きっと部屋はきれいになるでしょうあなたのように髪を長く伸ばして息を吐いたり吸ったりお食事もそれはそれはへたなんだとおもいますよ（だからサンドイッチなんてものをつくっていま、おだしするわけです。お水も、きちんとコップにいれてさしあげなければならない。なんてき　たないことなんだろうとおもいながら、わたしは梅雨の時期ですからいつでも体中をぬらしています。あなたは、／／／／／／／／／／／／／／それをみて拭いてやりたいとおもうらしいの　ですが、そ・・んなの、わたしの知れる範　囲でもなく、そ・・ろそろ台風の時期ですねと薄ら笑いを浮かべるわけでした。ほ・・んとう、なぜこんな日にあなた「愛してる」などと言うのですか。

博愛主義者

ときどき、
　　　　視界の中で
　　　　　　　どろ人形
　　　　　　　　　　がたちすくんでいますね。
あなたが、部屋で、冷凍庫に冷やした蜜柑をとろうと立ち上がった瞬間に、
くずれます。
　　　　首が右斜め下に、ずれ、
　　　　　　　　くずれ、（安定しない）「安定したい」（安定しない）
ずれ、
くずれ、

おやゆびにみえる　　そういうときは、　さ
みえる？　　みえるみえる　　すごい、　みえる
そう
で、
で？　　　　　　　　　それがどうしたの　みえる
みえるからどうしたの
おやゆびが、　みえるどろにんぎょう
　どろ
どろにんぎょうにみえる
どろにんぎょうがおやゆびに？
そう、　どろにんぎょうにおやゆびが

こぼれちゃうから　、　このままでは、
それでも私をしばりつけたままの小さな地球の惑星は、　私の唇だけじゆうにして生んだ
こぼれちゃうから　、　このままでは、
ねえ、唇だけらっかさせて

こぼれるおやゆびへ、したをのばした私をみないでくださいますか
どろのあじがするしないする

「胃の中で海がただよう　ですか　うそつき
うそーつきー　うそーつーきー　つーきー
海は　生き物　が　下で　うごいているか
ら」いきているから！「なみうつ　ただよう
のであって　のであって　あなたの胃の中ではとうていとうていとうていとうてい」

うそーつきー

傘の下で待っているときに妊娠した。女みたいな顔して、あなたをまっていたからだ。私
は、あなたに父親を見た。なのに、女みたいな顔したから。顔した？　そう、
（かれた場所
に生まれた、私たちは生まれた、とんでもな

い色の、映像がはじまりだった、生まれた土
地はかれた場所で、潤った場所もさっき、「私がのみほした
（妊娠／を／した　生まれてはこないと思う　私の子供は海だったから　生まれてはこな
いと思う、
　　　くさって
　　　　　　いくと思う
　　　　　　　　　吐く？
　　　　　　　　　吐く、といいの？
　　　　　　　　　吐く　吐く吐く吐
　　　　　　　　　く吐く　といいの？
（海）
　（、を）
　　　　魚の、子供だった　私たち　青ざめ
て　肌を寄せ合い　肌を寄せ合うから　青ざめて
「冷えてるんだもの」　日光を　もとめすぎてる
から　断定できなかっただけ　魚の、子供だった

私たち、からだ、わすれてなかった「おぼれない」きっと、
吐く、
なら吐けばいい　かれは言って、背を向けた、
わ　吐けばいい　吐けば

いえす、吐けばいい
と思う　私たちは覚
えているから　おぼ
れないだろう　いえ
す　吐けばいいと思
う思う

うろこはとうのむかしにどろにくず（れた／れたけど

死なない

わたしは
傘でしたが

あめふり、始まった瞬間に窓から捨てられてしまいました。そこが部屋であるから、かれらはかわらない日々を過ごしている。傘がないからえいえんに迎えはない。
あめはえいえんに止まらず、そうね、火事もだから起きない。かれらはけっして外を見ない。暖炉があたたかい。草花をそだてていて、きちんと水をやっている。わたしの腿がとてもいたいです、骨が折れてしまった。

けっしてなににも不自由がないように
外などでなくてもいいように

あなたたちはひとでなくなる
食料も
文学も
あなたたちは自分でうみおとしていく

用事
などないように、かれらは動物園を創立してわたしのとなりをトラや白鳥が流れていきました。それから、果樹園がつくられ、いつも果糖のにおいがしていました。捨てられる話はいつでも仮定でしたが、わたし聞いていたはずなのです。でもあめふりのなかだなんて、一度も想像できなかった。

あなたたちはひとでなくなる
わたしはそこまできらわれましたか
あなたたちはひとでなくなる
つねに
まちがいをうたがっています

＊

つねに
わたしの目は曇っています
植物だと思っていたそれぞれが、とても羽をむすばれた白鳥の、あのほそいくびに似ていました。いままで、きちんとみてこなかったわたしは、すべての植物たちをまず疑わなければならなくなった。けれどそのぶん、わたしは、傘を開くことをおそれなくなった。うそを、おそれなくなった。

わたしは傘ですか花ですか白鳥ですか
こどもが
うめますか　うめないいん、ですか
こどもがうめる、としたら
こどもがうまれるんです
もうすぐ、うまれるんです妊娠したんです

わたし、
妊娠して、
祝ってくださいさい
祝ってくださいさい窓からでもいいから開けて、こちらを、
みてくださいさい、妊娠したんですよ、わたしは妊娠したんですあなたたちの、あなたたちの
かぞくを
う、
うむんですよ。

＊

あなたたちはひとでなしだ
と
言って

汗をかいた
涙がでた
ぜんぶ
あめにはまじらなかった
あなたたちはひとでなしだ
言うと、わたしは地球の自転からきりはなされるだろう、きりはなされてわたしは部屋の扉がわたしから通り過ぎていく姿、通り過ぎるあのドアを見ることになるだろう、そこから、わたしは聞く、あかんぼうの泣き声／、がひびいて、それからこもって、わたしはいつのまにかこどもをうんでいたきっとおんなのこでかわいい、わたしはいつのまにかうんでいたきっとおんなのこで／

わたしがいないと死んでしまいます、

（いっ　回転できるまでずっとおびえているでしょう、けれどきっと、ふたたび会えばその子はそだっていて、わたしのこどもではなかったとわたしは安堵するのでしょう）

ひろわれて
かのじょにさされたい
赤いかわからないけれどもともとかわいくもない傘です
さされたい
さしてください
さしてあめをよけてください
そしてもしかのじょが傘なら、（知りたいことが、）捨てられていますか、いませんか、

きっと
捨てられています・・
かぞく　ですから

最弱

墓石に持っていく友人たちの顔を／じっと／見ていた間に星が墜ちて来た
夜が終わると／そこにはなにもなく／ひらいた空で鳥が吸い込まれていく
わたしの顔は剝がれ落ち小さな花びらとなった
飛んでいくことを言葉が、そのとき止めてくれたのならばそれはわたしを侮辱する、言葉だったろう
楽しみだ
固めた薬を飲んだ
朝が来る前に君の家の前で、亀が、子供を生む
時計の針が回転したあと
なにもなかったかのように月が破裂をして
その日の太陽になる
君の顔をみて
ねむる日はきっと来ないだろう

君の顔
死のうとして
目を閉じるその顔
きっとこないだろう
なんども
夜が鏡のちからをかりて
私に近づいてきても
私は目を閉じたまま
君を見ない
夜を見ない
夜の目はつぶされて
また
逃げ帰る
私は
朝を待っていた
だから
夜を知るつもりはない

墓につれていく
君たち
顔を見ることもなく
手を引いて
ひきずって
土を食べてしまっても
私は
君たちを向こうまで連れて行く
そうだね
もし
それを
不条理だというのなら
生まれたことが不条理であったと
私も君も気づかなければならない

坂道では手を離さないで

それから
車道は通らないで
それからあの人の住む家
そこには近づかないでと
言うから
それだけは守って
私は君を墓に連れて行く
なにもない吹きさらしの
空
が
曇ることもない
うつくしい晴天　そこで
鳥が飛んだよ
とびこめ
穴を掘って
君の為に私は言うだろう
とんでもない

美しい
空だよ

私のスコップが
風で折れた
ゆっくりと
光が差し込んで
ふっと
電車が通り抜ける
わたしの名前
を
君たちは知らない

good morning

再会しましょう

君達のいいわけをまるかじりして、そのために狼になっていた
わたし
君達のいいわけ
なんども砕けて反射もしない

ゆれる
地震が起きてもあの銭湯に行きたい
毎日部屋の中で雨が降る、わたしの体は常に泥だらけになる、子供達の首をつかまえて、
洗面器に入れていく、つれていった銭湯は温泉ではないけれど／とても温かい
友人と約束をしていたけれどどうやったってこの体ではあえそうにない、わたしの名前を
よんでくれたときだけあの子はわたしを思い出してくれているに違いないのに、
（わたしはまた忘れ去られて、呼ばれるまで一人ぼっちだ。だれもわたしのことを知らず、

わたしはつねに自分で、自分の名前を呼んでいないと忘れてしまう。なにを？　それを。）

快楽で脳の細胞が死ぬと聞いた。
君がわたしを思い出し、心からの優しさをそそいでくれたとき、
君がわたしのことを知らなくても、すばらしい花を見つけ、教えてくれたとき、
涙がでる音楽、
それらをみるとわたしはすべての可能性が、わたしの可能性が、細胞が、筋肉が、分散して空に散り飛行機に乗って大海へ、／飛ばされていくような気がしている／、いやきっとそうなんだ、わたしの名前を小さく書いたまま、わたしの可能性は飛んで、そして君もわたしも知らないところでちりぢりになって、沈　んでいく
わたしは光合成ができない
名前を呼ばれても振り向く首がない
そうして
わたしは少しずつ失っているのだ可能性を

ねえ
こうして話している間、君は思うだろうか

それならずっと目を閉じて、そして、耳をふさいで、鼻をつぶしてしまって、そう、
顔をつぶしてしまいなよと、思うだろうか
そんなふうにわたしを見ているのだろうか

ふりむくと小学生のころの友人があのままの姿でこちらをみている
わたしがあのころ最低であったという
話をしたいね、
そんなことを言う、
子供のころのことは、忘れたほうがいいよと、いえない側であることはそれぐらいのこと
は、わたしだってわかっていた、
ずっとそんな影をしょって歩いているんだよ　わたし

日にやけてずるずるになった肌が泥になって、
それを洗い流して銭湯
に入る
子供達が何人も、先にあたたまりながら、
わたしはその真ん中でおんなじぬくもりで温まるよ

そう、だね

「わたしはこの子達のお母さんではありません
お母さんなどというものが
この、場所ではありえない
わたしはこの子達と同じぬくもりで、
きっと今晩眠りに入る
また、安らかに
一晩ゆっくりと眠ることができるだろう
子供達には名前がない
けれど
わたしも君たちも
誰がどの子で誰があの子なのか
わかる
そういう
そういう時代に生まれてきてよかったと思っています」

水面から睡蓮がのぞいているのを一瞬見た
子供の手のひらがそれをつつんで、ゆっくりと破裂した
飛んだ破片がガラスのように反射して、
これがみんなの朝焼けになるのだと知った日
わたしは散っていく自分の可能性、細胞、筋肉が
向こうの海でどうなったのかをしりました
いつか
大海の真ん中朝を迎えて、そうね、もう一度
わたしと再会をしましょう

きみを呪う

はねる泥
それを
のみこむ子供
ゆるやかな坂道
ねむそうな目
蹴り上げて
それから逃げた午後
大人の背中でした、あんなことをしたあの人
赤い斑点のあるスカーフを巻いて
ひとりぼっちでした
子供はわたしたちを中心にして放射線状に倒れた

太陽はぐるぐるとまだ空をまわっていて
わたしたちの影がぐるぐると駆け巡った
子供たちは目をまわして
それからおさまってもおきようとしなかった
まわる太陽をじっと
見つめていた

赤い絵の具をおとしたところから
ちいさな花が咲き始めて、
それがみずたまりを埋め尽くしてしまう
どこを走ってもくつのうらは濡れず
ねむりたければすぐ
倒れればよくなった
光がときどき顔にさして
それが
わたしの顔をあいまいにした

うみがやってくるまではよかった
あなたが
そうしてうみをつれてきて
ここを沈めようとしている間
わたしたちは
たおれた子供たちをまたぎながら
買い物に出かけていた
子供たちは空を見ていた
わたしたちはパンを買った

風はざざんとふいて
子供たちの少し上をとおりすぎるだろう
わたしたちは背中でそれを受け止めて
また編み物を続けるだろう
毛糸はずっとたどれば山の奥の
わきみずにつながっていた
そばには赤色ときみどりのきのこがあって

それを恐れて食べることを
悪態だと教えられていた
こわくはない
きみが死ねばまたわたしがきみを産む
時計がはりついてのみこまれた大きな木の下で
すずしいなか
わたしの名前をよんでいた子供が眠りに落ちた

海がきたら沈む
それが
わかっていてきみはそこにいる?
きみはなにもしらずに
くだものを持ってくる
家畜を持ってくる
水を持ってくる
玩具を持ってくる
それでわたしたちの子供は起き上がって

そちらにいくだろう喜ぶだろうわたしの目をきみは見ることなく喜ぶ目を見るだろう
なあ
きみ
ゆっくりと津波がきて
沈んでしまったら
あの
赤い花はてんてんのまま
浮かび上がって地面からひきはがされる
そうして
わたしはそいつが枯れるのを
こんな山奥で見ていなければならないのか

世界

空を飛べないなどとだれが言った?
もうすぐここ運動場は爆発をする、爆風、その瞬間わたしたちは実際に飛ぶだろう
それでも
だれかはそう、
言うのでしょうか

爆発をした　↓　飛ぶことが可能になった
酸性雨のせいで　↓　建物が溶けてたいらになった
だから、向こうに富士山が見える
いつのまにか海に沈む、けれどわたしたちは、だからわたしたちは、はじめの爆発でと

もに飛び立たなければならない。さあ行こうか、空から
崩壊を眺めよう

（杉の木をちぎりとって何度も、つきたてていけば稲の穂を撒ける小さな穴がぽつぽつ
とあいてそれが少しずつ村になっていくだろう）
（雨雲はいつのまにかやわらかいベッドにしか見えなくなる）
ああ目の下で緑色になっていく大地

★未来派の話をしましょう
絵画、彫刻、音楽、詩、すべてを越境した芸術を、生み出そうとしたかれらの話をしま
しょう、けれどそれは、ほんとうにたどり着くはずだったのは／・・人間
ではなかったでしょうか。楽器は音楽と彫刻をかねそろえ、それを、美しい言葉を紡ぐ
人が抱きかかえている、けれどそれでさえ絵画はない。わたしたちの目の前でそれがな
しとげられるとすれば美しい人、美しい声を持ち、いつまでも美しい言葉のみを知る人
その人自身だ　　　　　／／「決して人は動かなければ、頬を伝った雨はいつまでも同じところに

落ちていく、しずくが削っていくであろう小さな岩はそのうちに山にも谷にもなりえるのだ、わたしたちが恐れているものはなんだったのか、そのころには忘れてしまえているだろう」

「自然、そう」

（脅威とはなんだったのだろう）

いつまでもうがいをつづける、いつまでも黙り続け、いつまでも、そうすれば病気にはならない。いつまでもうがいをしていつまでもひとりでいる、脅威は足の裏でつぶしてしまった。わたしたちはだから脅威になるのかもしれない。

（うつくしい）

人と人の間を疾走している。きみたちはわたしたちをなんと呼ぶ？　名前がない間わたしたちは疾走をしている。そうして竜巻をつくりあげていく。きみたちをめちゃめちゃに切り裂きながらわたしたちはああ孤独だと叫んでいる。（ああ）

（うつくしい世界）

単行本未収録作品

2004-2008

花狂〈短歌連作〉

花を生む少女を部屋にとじこめて忘れられない棺桶作る

ゆうやけに染まる河川を飲み干してあなたを祝う薔薇になりたい

ブランコであびた花びら梅雨にとけ黒の喪服を浄化させゆく

花びらの静脈たどり熟睡のきみへとぼくは辿り着いたの

満月の夜に漂着した花は大輪だった透明だった

真夜中の車道で眠る君がなるのは花か月夜かアスファルト

朝に迎え撃つ

液体だった気が　します
私のこと　私の話です
肌がちぎれて　溢れてきそう
それを期待していると　言ってもいいのですか
朝は　アメリカと同じ

昨日から　何も食べたくない
あなたの顔見たつもりで
日曜日を過ごします
このまま私がこの肌に密閉されていたら
たぶん年はとらない　酸化もしないでしょう

ナイフを買う予定で
部屋を出たのですけれど
夕日なんてものが邪魔をして
あなたの顔も見えない
と腹立たしい

音が鳴るのです　最近
どんな音かは唇では鳴らせないけれど
私が肌の奥で揺れている

昨日の話をしたいけれど
その前に今日を終わらせなきゃいけない
ナイフはうりきれたことにしよう
なんでってお金はもう尽きた
懐中電灯懐中電灯　買っちゃったから

あなたの顔を見たので

少し満足したつもりで
朝に迎え撃つ
私はいまだにこうして　肌に区切られている

夜

少年は、朝、枯葉になっていたらもうそのまま、土になってしまおうと思って、眠る。部屋の壁はまるでシルクの布のようで、彼はそこに切りこみをいれる。風がすいっとはいってくる瞬間、なにかが消えていく。

女の声で、わたしは何もないところにいるのよ、と電話がかかってくる。いなくなった人の名前をすべて彼女に問い掛けると、すべてが違うといわれた。けれど、すべての人の名前を言いおわったとき、ぼくは一つ年をとっていた。

月が地面をかち割ってまた生まれた。子供たちはまた、月を捕まえようと世界中からいなくなる。わたしは綿菓子屋をはじめる。子供たちの食事は、甘い方が、いいに決まっている。

夜が来る

　机を叩く音。誰かが何かを殺した音。卵を割る音。目を閉じる音。電話の線を切る音。かかとで自殺を語った音。緩やかなカーブが、少しだけ急になる音。音。（まだだめだよ、もうすこしだけ、めをとじないで、ほらここにあるよ、ほら、こっちにも、たくさんたくさん、あるよ、まだだめだよ、まだ、ほら、まだここにもある、ねむっちゃだめだ、ねむるだなんて、ほら、まだここにも）
　誰もがいなくなると、影は、穴になる。空に向かって何かを待っている。僕は、誰も踏まなかった場所を探して、穴から逃げる。穴から逃げる。穴から。穴はどこにも行かず、ただじっと、している。

夜

魚

通りすがりの人の目の数を、数えることが出来なくなってしまった。十時間の夜よりも大切なものがあると、本で読む。けれど、その本の感触を忘れてしまった。網の目をくぐって生きている魚、わたしよりも長く、かれらは泣く。

子供が足をおろした、その地上がわたしの帰る場所。だれもいない、地下室にもぐりこむ。そこは優しい音が響いている。風が歌っている。だれも知らないことを、わたしは忘れていって、それは、かならず美しい。

探していってください。わたしの瞳に落ちていった大切なねじを探していってください。それが無いと鍵穴が作れない。わたしのまぶたの鍵穴が作れない。もう出てくるなと、人は、眠る前のわたしに言うくせに。鍵穴がつくれない。

まぶたを閉じると、わたしの網が光って見えます。白く広がるその糸は、わたしを捕らえてうれしそうに歌う。その歌は、わたしの目を覚ます為にあるの。わたしを寝かしつける為にあるの。だからわたしは、歌が途絶えかけるその瞬間を狙って目を開ける。大きなひかりは、糸を飲みこむの、必ず。

遠くで呼ばれている気がするのは、わたしの産声が、めぐりめぐって戻ってきたから。振り向いても振り向いても、なにも無い。

雨の音が消える瞬間に、わたしの歌は始まる。また見ることも無い夢を作り上げて、網から逃れようとする。魚は泳ぐ。わたしとは別の場所で魚は、まだ泳いでいる。

ひとひと

左に曲がり、赤い実をかじったなら、見えるでしょう、木の陰
からもくもくと青があわ立ち、向こうに美しい空のかたまりが
「それがわたしのおうちです」真向かいの白い雲にねそべって
そのままともだちは眠り消えてしまう、そのうちわたしは青が
かなしいかなしい色にみえて、まっさおにぬったキャンパス、
切り裂く

誠実なひとたちがいる
校庭のまんなかで、まちわびた渡り鳥は来ず、ぽつりぽつりと
ふる雨がわたしを突き刺した、ひとたちは平気、わたしはぽろ
ぽろと穴だらけになりながら、まっすぐ上を見上げ続けて――
誠実なひとたちは帰る

わたしはざーざーと言う、部屋からのぞく絵本の中で、わたし
はとっくに物語からそれて、

この世界のどこかにいつか愛す人がいるのだと思えば
この時間のさきにいつか生まれる子がいるのだと思えば

きれいな色、赤い色、ほくほくとした頬、まつげだけが冷たい、
ひ、優しい雨、ふりそそぎ雨、少しだけ残るわたしのつぶつぶ、
流れてはねて、跳んでかえる、おかえりただいま、空の上、で、
小さく跳ねて反射し続ける

光が突き刺さりもせず滑っていく、肌だね、眠り始めるみんな、
みんなはみんな、自分だけの世界を持っている、知らなくては
ならないね、飛び込んで降りる、晴れた道路、であいがしらに
君は眠りから覚め、それでも名前を覚えあう

愛

恋人に、無音ではなしかけていてくれと、爪を合わせながら、呟いた。きいろい、信号が光っている、夜のわたしの口の中は、だれもが眠っているのに、静まらない。

ビルの形をしている、歯が、夕焼けを覗きたがっていて、もう一週間もたってしまった。ふりむけばいつも、夜と朝の狭間で、わたしの体が、すこしだけ重くなる。のみこもう、と、している。

きみはだれ
斑点で、染まっている、星を、とおくからみよう、とおくからみよう、もう、かすんだ、色が、青だった。

爪で刺して、壊していく。のが、だれかの心臓であるなら、そこから産まれるものは、けっして、きたなくないのだと、わたしは知っているよ。だから。
ねむっているあいだは、いたくなんて、ないはずだ。だから。
舌を巻いて、笑っている。

口の中で、泳いでいる、わたしが、息継ぎをしたがっている。夜、海の潮がひいて、うたをうたう旅人が、腰を下ろすけれど、わたしはそんなとのぞんでいない。きいろい信号が、とまってしまった。恋人の爪がとても、広いから、わたしの目に当てて、なでてほしい。凶器なんて、どこにも、ないんだよ。

本能

映画館でわたしを見つけたから、もうわたしはいらないのだと気づいた。しかし花火大会は雨天決行され、見に行く、行かなければならない。泣くとかそういう次元じゃないよと恋に破れた隣人が言い、わたしはたこやきを焼く手伝いをする。

冬はもう終わりましたよ?

短い裾なのに汚れるスカートと、まつげを見上げて白目になるわたしが、一緒にあるからだめなのだ。空に女子として勘定されてから、ずっと劣等感でうずくまっている。背中だけなら性別もわかるまいと、そのときは信じていたのかもしれない。マリーアントワネットは姿勢がよかっただけでもすごいおひとで、あの子は野原で切り落とした花のくびを耳にそえた。乙女であろうがとおっしゃる彼女の瞳はとうぜん、人斬りみたいにひんやりしていた。

蜜が蜜にながれていくような、ぬかるみがいのちの流れであろうと、暑すぎるマフラーをはずしていくとき考える。見すぎたあとで吐き気がするようなスプラッタを恐れるけれど、それならなぜ誇らしげにわたしは歯を磨くのだろう。そうも思ってすぐに忘れた。

光合成をする言い訳がいまだ思いつきもしない。けれど自殺する人が多いから、森は宇宙に移植しました。作業が終わってわたしは寝てる。そのへんでジュースを買ってきてください。

愛ちゃん

さした傘のうえにすわりこんでちいさい女の子はいる。いる。

いや。傘をまわし始めたらその子が走り始めて、傘にあしあとの穴が開いた。雨にあてられたわたしの髪が頬や手や足にはりついて、そのままとけて川になっていった。浄水場が困っている。目には目を歯には歯を。後ろをふりむいたら、後ろの人にそういわれるような気がしている。

雨がやんで夏で魚を焼いた。黒焦げのなかからたくさんの白い煙があふれだして、ちぢんだりちぢんだり、伸びて叫んだりしながら、上にのぼっていった。目の中にとびこんだちりのようなものは、しょっぱい気がした。ぼろもろ、涙がぼろもろ、頬の上のひとかけらさえ流してしまった。森の上で枝を組み立てて、ねじったなにかを頭の上に乗せて、くちもとまで届く雨がジュースになるように、秩序を変えて。走りながら落ちていく。足が地上から離れるたびに地球はちぢんでちぢんで、気づかないふり気づかないふり。

「しかたがないさ!」走り跳ぶ。

愛。という名前をつけられてから、きみはすごくさみしいかもしれない。見た、赤い土の中にほりだされた自分自身のはしっこをみてあの日は、生まれたと実感したのだろう。そのたびに、名を呼ばれるそのたびに、赤いほんものの愛がどくどくと血液を、流し込み吸い込み、流し込み吸い込みしているのを肌で、うらがわで感じているのだった。目には目を。もしかしたら大きく見開いたきみの目にはすべてのひとがきみと双子だったかもしれない。くちびるとくちびるさえも合わせることは、なく、目と目を近づけ触れ合うまつげが、刺さり、なみだをながしながら、それ以上は無理無理無理と、嗚咽。

四月はリルケ

春のさくら、花びらの沈んだ土地の底で火山、ぼくらはマグマとしてもぐっていた、噴火することはうつくしい花火、夏の訪れであったけれど、それが恐ろしい現実との衝突ではないかと、先年の春は思った。しずみこんだまま、考えている。ぼくらはこの熱く燃え上がる炎よりも強く、煌くそれが、ぼくらなのか、それともそのわずかな欠片でしかないのか、そらに、くうに飛び上がった瞬間冷え切り、ただの小岩になる瞬間を思い浮かべる、リン、カラララ、／弱気だね。

「信じる」は墓石のそばにはいない。インターネットの中にいたこどもに大人は言います。触れる、ぬくもりのあるもので遊びなさいと。こどもは大人に言いたいのです、命は、体を借りて触れるのだと、ぬくもりも、存在も、体に借りているではないかと、命は、どこにあるのだと。けれど大人はこどもより先に死ぬことを、こどもは良く知っています。インターネットのことなど、どうでもいいのです。

傘をさし、その方向を見ている。迎えが来ると、飛び乗り、どこかの遠くに行く。まるで知っていたというように、安心して中で眠り、そのうちやってきた場所で、またこれまでと同じ時間に起き、朝食を食べ、歌を習うのです。家は変わりましたが、君は変わらない。世界は変わりましたが、君は変わらない。歌を歌いなさい。

太陽は死にかけている。実際その熱いものは、徐々に死にかけている。その一箇所で、冷え込んでいく声がしている。眠りながらそこに共鳴して、眠っている、こどもは、夜の中で地球を越えて、宇宙を飛んでいた。生活は輝いたまま、変化していく。帰り道のカレーの、匂いが、何年後に君の宝物になるのか、わからないが、そのころにはすべてがすり替わっているだろう。星は死ぬ瞬間にやっと爆発をする。もっとも輝くんだ、もっとも輝くんだよ。

四月はリルケ。光がすこしだけ強く、ひとつひとつをぼくらは、買いたての万年筆でつなげていくと、美しい白の網の中に包まれた幸福がある。きりきりと胃が痛んで、五月の病がやってくる中、四月はリルケだった。浮き上がるひばりとともにその背に、乗っていた自分自身を、思い出していた。空は高くなり、まつげの影は頬で絶え、そして小岩がさくらのそばでころころ、ころころ遊んでいる。まるでそれは夢のようで、ぼくのそれまでで一番の、夢のようで、

あとがき

十代の作品にはつねに攻撃的な自分が存在していた。そしてそれが染み渡るようにして世界は色鮮やかに鋭く光った。わけもなく悲しく、わけもなく悔しい。そんな自分がにらむ世界は一気に強く輝いて見えていた。

おもしろおかしい十代がすぎると、社会がこちらに駆けてくる。それが発する光はあまりにもやさしく、それによって鈍くも見えた。へいたんで、作品にしたことのないその静寂に、書けば書くほど虚無感がつのっていた。

今年の春。モネの絵を久しぶりにみた。ただ中でうつくしさへの賛美が、鐘の音のように鳴り響いている。わたしは、衝動に追い立てられて書くさいにきらめいて見えるこの世界をあいしていた。いつかそこにまた、帰りたいと、そして十代の経験に固執し、攻撃的でいなければ出会えないと、一年間思い続けていた。賛美すべきものは攻撃性ではない。うつくしさだ。そう思い出した瞬間、目の前の世界が、懐かしく鮮やかな色を帯びて広がった。

自分は夜行性だ、真っ暗な中で叫びたいことがある、そう、信じていた。でもそのときに見たものは、真っ白に世界を染め替えるような朝日。西を向いて部屋にとじこもり、電灯を消していても染み込んでくる光だった。振り向けばなにが、恐ろしかったのだろうと思う。十代は去ってなどおらず、わたしの血はその十代でできていた。世界はかわらず輝いていて、わたしはそれをただ、また直視すればよかったのだ。いつまでも、これは変わりやしないのだ。

だから。これまでのためにこれからのためにこの詩集はあるだろう。そのためにも、決してわたしは彼らを、遺物にはしない。

Special thanks to Hitomi Tanabe, Masako Miki, and my fantastic friends and field.

文庫版あとがき

「もうあんなのは書けない」って未来の自分に言われるものじゃないと、今、書く意味がない。過去には未来の自分を轢き殺していくぐらいでいてほしい。確定した時間というものが、不確定でしかない未来なんかより弱いはずがないんだ。私の体とこころを作っているのは明らかに過去の私であって、だからこそ、過去の私は永遠に私を痛めつける存在でいてほしい。今なんかに、未来なんかに、屈しないで。理解できないあの日として、図々しく私の一部に居座り続けて。自分の中に相容れない存在が増えていく。それが、生きることだと、生きたい理由だと、信じている。

第一詩集に収録された作品の多くは、私が十代のときに書いたもので、今読んで、そのときの呼吸だとか部屋だとか空気の感じは覚えていても、どうしてそれを書いたのか、とか、何を書きたかったのか、ということはちっとも思い出せない。そういう、書き手であるがゆえに知る作品についての云々を、何一つ、今の私は手にしていない。書いていたそのときも、きっと私はそんなこと何一つ考えていなかったし、だから残っていないだけなんだろう。でも、だからこそ、私はこの作品群を「作品」そのものとしてしか見ることができない。作者として今更何か思うことはできない。そんな状態がうれしい。今の私が、未来の私が、勝手に解釈できるような、リライトできてしまうような、そんなものではあってほしくはない。

過去の私が未来の私に褒められたいとか、批評されたいとか思っているはずもなかった。今だって、未来の私なんて、この世で一番価値がないと思っている。当然、どんな読者より、未来の私は私にとってどうだっていい。こうして9年前の作品を文庫化することになり、あとがきを書くことになっても、私に言えることなんて何一つない。未来が過去に対してなげかける「わかる」という言葉ほど、みっともないものもない。

生きて生きて生きて、なんだったのかわからないような過去を積み重ねていく。ものを作っていけば、理解できないそんな「過去の私」が、可視化され、無視できない存在になる。生きやすくするために、自分を肯定するために、過去を勝手に解釈したくなる日もあるのかもしれない。わかった気になればきっと楽になるだろう。でも、そんなとき、ちゃんと私を邪魔してくれる、否定してくれる作品であってくれたらと、身勝手に祈っている。未来の私を、ちゃんと、生きづらくしてください。朝は来た、あのとき、たしかに。でもそれはあのときの私が見た景色。私はそれから9年も生きた。いまさらその景色を鮮明に思い出せるとしたら、嘘だと思う。この9年が嘘になってしまうと思う。

過去には、今より未来より、強くて残酷であってほしい。未来なんかに、生きてきた時間を、過去を、否定させないで。グッドモーニング。これからも、どこまでも、いつまでも、私に生きてきた数十年を突きつけてください。

この作品は平成十九年十月思潮社より刊行された。
文庫化に際し、以下の作品を新規に収録した。

初出一覧

花狂〈短歌連作〉　ネット、二〇〇四年
朝に迎え撃つ　ネット、二〇〇四年
夜　ネット、二〇〇四年
魚　ネット、二〇〇四年
ひとひと　「読売新聞」二〇〇八年三月一八日
愛　ネット、二〇〇四年
本能　ネット、二〇〇八年
愛ちゃん　「現代詩手帖」二〇〇八年七月号
四月はリルケ　未公開、二〇〇八年

デザイン　川谷康久（川谷デザイン）

グッドモーニング

新潮文庫　さ－85－3

平成二十九年二月一日発行

著者　最《さい》果《はて》タヒ

発行者　佐藤隆信

発行所　株式会社　新潮社

郵便番号　一六二—八七一一
東京都新宿区矢来町七一
電話　編集部(〇三)三二六六—五四四〇
　　　読者係(〇三)三二六六—五一一一
http://www.shinchosha.co.jp

価格はカバーに表示してあります。

乱丁・落丁本は、ご面倒ですが小社読者係宛ご送付ください。送料小社負担にてお取替えいたします。

印刷・錦明印刷株式会社　製本・錦明印刷株式会社

ISBN978-4-10-180089-9　C0192